JOSÉ MARÍA GUTIÉRREZ

NESSUNO VINCE!

ILLUSTRAZIONI DI PABLO ZWEIG

QUANDO IO E **NESSUNO** CI SIAMO INCONTRATI PER LA PRIMA VOLTA, LUI NON AVEVA ANCORA QUESTO NOME E SEMBRAVA IL SOLITO CANE ABBANDONATO.

PER QUESTO HO PENSATO
DI CONTINUARE
PER LA MIA STRADA
E FARE FINTA DI NIENTE.

MA NON CI SONO RIUSCITO.

SAPEVO CHE NON SAREBBE
STATA UNA BUONA IDEA
PORTARLO A CASA CON ME.
PERÒ POTEVO SENZ'ALTRO
ACCOMPAGNARLO
IN UN CANILE!

MA POI HO SCOPERTO CHE C'ERA UN POSTO
PIÙ DIVERTENTE DOVE PORTARLO E PROVARE
A DARLO IN ADOZIONE: **UNA FIERA PER CANI!**
UN LUNA PARK CANINO ERA PROPRIO
QUELLO CHE CERCAVO!

MA ALL'INGRESSO, MI HANNO DETTO
CHE NON POTEVO ENTRARE
CON QUEL CAGNOLINO IN BRACCIO...
ERA IL COLMO!

«SICURAMENTE», HO PENSATO IO, «NON VOGLIONO
CHE IN UN PARCO DIVERTIMENTI ENTRI UN CANE
TRISTE COME QUESTO QUI. MA SE NON SI PUÒ DIVERTIRE,
COME PUÒ SMETTERE DI ESSERE TRISTE?».

QUINDI HO DOVUTO PER FORZA CAMBIARE I MIEI PIANI.

E COSÌ SONO RIUSCITO
AD ENTRARE. O MEGLIO:
SIAMO RIUSCITI AD ENTRARE!

CHE STRANO!

MI ERO IMMAGINATO
UN PARCO PIENO
DI GIOCHI PER CANI...

E INVECE C'ERA SOLO UNA BARAONDA DI PERSONE E UN SIGNORE, **MOLTO SERIO**, CHE ISPEZIONAVA CON ATTENZIONE TUTTI I CANI CHE C'ERANO.

GIURIA

PER ACCOGLIERLO NELLA SUA NUOVA CASA
(COSÌ HO PENSATO IO) MI HANNO CHIESTO
IL NOME DEL CANE E IO GLI HO DETTO: «**NESSUNO**».
NON CE L'AVEVA UN NOME!

A DIRE IL VERO,
I CANI CHE C'ERANO
NON MI SEMBRAVANO
MOLTO CONTENTI.

IN COMPENSO,
LI RIEMPIVANO
DI ATTENZIONI.

LI SPAZZOLAVANO,
LI PETTINAVANO,
LI PROFUMAVANO.

SOLO A **NESSUNO**
NON FACEVANO NIENTE DI NIENTE.
FORSE PERCHÉ NON AVEVA PAGATO
IL BIGLIETTO D'INGRESSO?

ALCUNI TIPI ESAMINAVANO TUTTI I CANI,
PER DECIDERE QUALE FOSSE **IL PIÙ BELLO**.

E POI VALUTAVANO
AGILITÀ
E VELOCITÀ
DI OGNUNO
CON PROVE
DIFFICILISSIME.

E I VARI CANI
FACEVANO TUTTO
CON GRAZIA,
STILE...

ed eleganza!

NESSUNO
INVECE
HA FATTO
SOLO UN PO'
DI PIPÌ IN GIRO.

MA LA COSA PIÙ IMPORTANTE,
PER QUEI SIGNORI,
ERA L'OBBEDIENZA.

OGNI CANE DOVEVA
DIMOSTRARE CHE SAPEVA:
RIPORTARE OGGETTI...
SEGUIRE TRACCE COL FIUTO...

CAMMINARE DILIGENTEMENTE
DI FIANCO ALLA PROPRIA GUIDA...

E RISPONDERE AGLI ORDINI
DEL PROPRIO PADRONE.

E **NESSUNO**, INTANTO,
È PROPRIO SPARITO...
CHE DISASTRO!

CHE DELUSIONE! COSÌ NON LO AVREBBERO ACCETTATO NELLA NUOVA CASA.
ALLORA MI SONO AVVIATO VERSO L'USCITA, TRISTE COME ERA TRISTE QUEL CAGNOLINO.

MA ALL'IMPROVVISO
NESSUNO È RICOMPARSO!
E HA DIMOSTRATO CHE SAPEVA
RIPORTARE UN OGGETTO!
ECCOME! AVEVA SGRAFFIGNATO
IL PRANZO DELLA GIURIA!

E POI HA PARTECIPATO ANCHE LUI A PROVE DIFFICILISSIME, COME UNA GARA FRENETICA CON VELOCISSIMI LEVRIERI!

GIURIA

TANTO CHE, QUEI TIPI DI PRIMA, ADESSO AVEVANO DELLE DIFFICOLTÀ A SCEGLIERE IL VINCITORE, ALMENO SEGUENDO:

attitudini,

agilità...

e bellezza!

GRAZIE A **NESSUNO**,
LA MOSTRA SEMBRAVA
VERAMENTE UN LUNA PARK!

E ANCHE SE NON ERA STATO
MOLTO OBBEDIENTE CON ME,
NESSUNO MI HA DIMOSTRATO
TUTTA LA SUA AMICIZIA!

GRAZIE A LUI, OGNUNO
DEI CANI CHE STAVA LÌ DENTRO,
A PRESCINDERE DAL NOME
O DALL'ACCONCIATURA,
HA AVUTO IL SUO PREMIO.

ALLA FINE, PER I PASTICCI CHE AVEVANO COMBINATO, TUTTI I CANI SONO STATI SQUALIFICATI DALLA GARA, MA SICCOME C'ERA COMUNQUE BISOGNO DI UN CAMPIONE, QUEI TRE SIGNORI HANNO DECISO DI ASSEGNARE UGUALMENTE IL PREMIO:

A LORO STESSI!

Fido
Bobby
1
2

E LÌ È SCOPPIATO IL FINIMONDO: I CANI E I LORO PADRONI HANNO DECISO DI SQUALIFICARE I GIURATI...

Gilda
3
1

E DI CONSEGNARE LA COPPA DEL CAMPIONE A ME!

COSÌ, ALLA FINE DELLA GIORNATA,
IO HO TROVATO UN NUOVO AMICO
E IL MIO NUOVO AMICO HA TROVATO UNA CASA: **LA MIA**.
INSOMMA, È STATA UNA GARA MOVIMENTATA
E INDIMENTICABILE, CON UN CAMPIONE ASSOLUTO:

NESSUNO!

ANCHE SE TUTTI, MA PROPRIO TUTTI,
HANNO AVUTO LA LORO VITTORIA SPECIALE!

E QUALCHE PULCE IN REGALO, **PER DI PIÙ!**